JN214979

すべてのひかりのために

Noriko Inoue
井上法子

書肆侃侃房

すべてのひかりのために*目次

装幀・写真——毛利一枝

すべてのひかりのために

井上法子

孤高

顔のない鷗がきみを連れてゆく夕まぐれ　もう泣き止んでいる

にんげんは自分をせいいっぱいに好き。母父《おもちち》の小火のような微笑み

水はひかりに追い詰められて耀けり（気がするだけの賢さだ、まだ）

夕映えにひそむさみどりおもかげはおぼつかなくてあまりに無力

記憶はいつだって好き勝手あかねさすことのはも命運もやくたたず

もう一度きり瞬いて花びらを、せめて香りを抱きとめて　ゆけ

陽に透かす血のすじ　どんな孤独にもぼくのことばで迎え撃つだけ

この明るさを　いったい

死も四季もとりこわせない陽だまりよけもののように泣いて忘れな

うつくしい海辺をもって生まれればうたげのごとく天涯孤独

懐かしい入り江に湊、ここ？　これは怒涛といましめのつめの跡

ふりかえれば薔薇の園ごと消えていて、ひかりのなかに立ち尽くす風

ここはもう平穏　ならば手放してみせてよきみも花の名前を

花びらのほうからやってきたくせに空っ風　もうずっとさびしい

立ち枯れの眸　あとから零れだす野ざらしのまま透きとおる意地

（それ以上すすんでは）あの漁り火がまぼろしだなんて言わないで、凪

どれくらい剝ぐだろうこの明るさをことばのためにぼくら　いったい

海鳴りはいつもはじめに　慟哭を知らない無器用なおまえたち

そこが海だと匂いでわかるくるしさを　ふるさともふるきずもかみひとえ

できないことはできなくて良い？　松林くびから刈られてゆくね黄昏

くぐもった発語は不得手さざなみを食んで浮かんでたいからぼくら

不得手を祭り《フェト》と聞きまちがえて花盛り　無恥　にんげんはないものねだり

ほら、ぼくら無傷でやる瀬ないけれど…ほら。めいっぱい咲けば此岸を

思惟よおやすみなさい。夜明けにひとときの昏い睡りをおまえにやろう

夜ごとひとつの詩を泡立たせしののめに届くひかりを。向こう岸まで。

つむったら滅んだはずの薔薇の園ゆめのみぎわで抱きしめるかな

みな雲母《きらら》とわにみなしごかみさまの計らいだって気がつかぬだけ

またここに来られたという顔をして泉へ夜の森へ

翳《かえ》りな

すべてのひかりのために

さみどりにさやぐさざなみ　風は火を、火は運命をおそれず生きて

光景を捧げるように手を広げその色を何度でも教えてほしい

冬の鼓動が聴こえたらもう書かずにはおれない　ぼくの淡い弱さだ

舞い上がる無数の綿毛／にんげんのことばで仰ぐ美は眩しくて

まなざしをいくつも過ぎて溶けのこる陽は雑草の匂いがするわ

ひかりをつむぐように生身を引き受けて　そう　ぼくたちが草原だった

透きとおることは愛しい（おまえにはおまえの呼気があるよさみどり）

ふりかえる時間のなかで佇んで棕櫚の葉影でうつむくきみは

渓谷のような表情　陽に包むなら海よりも沼の美称を

四本の腕をふりつつ歩み行く夕暮れ　影には影のよろこび

気がつけばもう夜の舌　運命とくちづけをするだけだよ　それで？

夜の湾へさすらうひかり　人生を「祝祭」と呼ぶ月のたましい

黄昏をもがくまなざし、月の虹、ひかりはとめどないねこの惑星《ほし》

対岸のとおいともしびそこまでがわたしでここからがわたしたち

水際はもうこわくない　踏み込んで、おいで　すべてのひかりのために

まだ夢のなか　ずっと

眼裏《まなうら》につきのひかりをたたえつつ夢のころもを着るわたしたち

この宵のただしい闇をたずさえて（ほら、羽織るならパキャンのコート）

微笑んで真夜の挨拶　爛爛と一族《うから》にうつる星の影かな

ちいさくていとしい夜明け／黄昏れの空の吐息を染みわたらせて

紺のリボンゆっくりとじる…ゆめでみるよりもはかない夜だったから

だからこそ教えてくれるこの生を綴じられるのは物語《イストワール》、と

さみどりを纏えば想うこころには見えない森や湖《うみ》があること

こんなにも煌めきたちはおそれしらず。そのひかりごと抱かれにおいで

水紋のように瞳を燈にゆらし、にんげんとしてここに居るだけ

にぎやかな夜々にまみれて追っているまだ夢のなか　ずっとなにかを

星はもう無味

花影を踏めば痛くて　星の死は生よりむしろ真火に近くて

微笑んでいて　そして手を　花も火もひらききるとき妙にまぶしい

夢で逢うこころで夜を寝すごしてつぼみのためにさえずっていて

火影がただの影になるまで声をあげわかるよきみたちの来世は鳥

若さを花のひとよに喩え炎え尽きてしまう　だろうか　星はもう無味

素直に届けられる夜

とてもあかるい思い出なのに

魚影

言えないままの悲喜はいったい

風は光らずつぶさに生きてしぬために星だった／花だったぼくらは

星雲のようにことばは瞬いて　ほら　たましいを翻すのさ

青葉闇　暗喩のためにふりかえりもう泣きながら咲かなくていい

燦燦ときみは駆け出す道連れの夜風をスプートニクと名付けて

真夜中の植物園で落ち合ってわたしを風の名前で呼んで

月はなにより澄んだひとみで樹々を撫で、　きみに素直に届ける　夜を

ひまわりとおねむり

揚雲雀あふれてやまぬ感情をあなたはぼくに見せびらかして

もっとそばにいたかったのに春、花弁、夢だって何だってこころの

面影は陽だまりに似ているような気が／窓という窓にひかりは

そんな急にやさしい梁になられても　朝の凪　微笑んでくれるな

かなしみに矛盾はないさ　つらいのはぼくが花冷えを呼んだせいだね

たった今あなたを焦がしはじめた陽。 みていたよちゃんとわれをわすれて

世界じゅうで交わされる、別れ際のすべての抱擁に。きみはまぶたに触れて笑った

愛してる窓たち。たとえ悪夢でも透きとおるほど磨いてあげる

空とそら隔ててきみはすこしだけあとのひかりを抱いておねむり

おやすみなさいが言えて嬉しい昼月は消え入るようにささやくばかり

ひまわ　言い止したままゆっくりとあなたは蝶の影を追い越す

花賊

にんげんのおろかなひとみ月をみてつきのひかりをわすれるばかり

黄昏にかざせばみながきんいろのうぶげ。願いは祈りの誤植

風に枝きしむさびしさなにもかも傷つけあってこそ花の宵

健やかに忘れられたい／わけへだてなく花時はすぎてゆく／だけ

くるしみは森　にくしみは海　どうせなら煙たがられるほどの気位

父はい（ら）ない母はい　ない幻岸でぼくの帰りを待つ船に乗る

花・野原・魚の腹

いまはまだ帰れぬ星のいたずらにぼたん雪ふる　季節はずれの

とても痛かったのよ／顔の真ん中に紺青のあざ／音もなく溶けるのね、　雪

まるで火の蕾のようだ　骨を焼く記憶のそこらじゅうで霙は

瞑っても追われる夢の母の腕　おねむり泰山木と化すまで

ともすると微笑みあえたかもしれず　白木蓮のようなひとなら

どうかこの世が錆びぬようにとはなのはらさかなのはらまるまると膨れ　ふくれ

逆説

しかしながら、とちいさな傘をひろげつつあなたは星の降る都市へゆく

芍薬は怒りの花であることをわすれずにいる夜半　むらさきの

ある日とつぜん出来上がる森　消える森　あなたは何度でもまちがえる

別章が咲きかけている（どうかその星の香りをまとったままで）

繊《ほそ》い月／鉄塔の突き抜ける空／あなたの誤読なら喜んで

いつかこの世を振り切るために書きのこすぼくらは星の面影を　死を

不問

花手水　ずっと浅瀬のかがやきでわらうのはもう充分だから

（しんしんと　では足りなくて）このほしで風花の渡河まみえることは

鳥の声まばらに消えて――雨の降る予感にすらもう怖気づく綺語

どうしていつも濡れている枝　晩春の　なにひとつ思い出せない

まっさおな水面を刺してこの岸にとどまるすべを語らず　鳥は

琥珀をとりちがえないように

宵闇に百合の花弁をほどきつつまだやわらかい死と向かい合う

食前酒《アペリティフ》なめてちいさな夜半を食む　今宵は花のおとぎ話を

立ち葵　希死はときおりきらめいてことばこぼれるまえのからだは

まなざしとまぼろしはただ親しくて　琥珀をとりちがえないようにして

届かない季語のもろとも　花々を散らす心地を抱きしめさせて

はつなつのはだえも雨後の目も無傷　渡さない　もう風のようには

追憶の蜜にうつつのひだ濡れて松脂のように歌だけがある

ひかりは轢かれ方を知らない

廊下には無数の轍、こんなにもひかりは轢かれ方を知らない

わたくしがいなくてもいい涼しさを　百日紅　灯をおとしたままで

曇天も花咲く学舎ことごとく森の香りの思い出ばかり

また約束をまもれなかった　うつせみはいけにえ　日照雨　ただかなしくて

ゆめに　ときに　銀の雨ふるなかをおもかげは影になる幾たびも

ほのあかるいな

日銀を白銀と読み間違えてほのあかるいな今朝の紙面は
にんげんの世界で広く告げられる煌めきの値をはかろうとする

虚業だなんてさみしいことば　おかえりよ　からっぽの雑踏のもとへと

あかねさすまなこをしばしやすませる部長は海を見るような目で

こころここにあらずと言われ、でも雪の気配に気づく誰よりも早く
外階段に坐ってそっと吸うたばこ。密かに冬の風を呼びつつ

暁に群れをなす鳩（ああなんて詩はことごとくやさしくて無為）

今朝も今宵もみな揺れながら運ばれる秘宝のようにかばんを抱いて

ノスタルジア

そらとうみとのさかいに棲んでいることの陸《くが》にしかない心細さ　は

海岸へ　長くて浅い旅を結うゆびさきに松明の残り香

撫でられたあとかもしれずさざなみのきらめく模様すべからく、　みな

灯台の均しい叫びさびしくて汀ににがく淡い詩の群れ

もうすでににんげんの目に届かない記憶の色もあろう　陽炎

松の木もねむるはるかな子守歌。陽もともしびもいっしょにおいで

蟬声にめつむるところ喝采をふたたび聴くと勘違いして

冷え切ったままの唇　花を乞うひとにはどうか数多の花を

はつなつの破れてひらく花の火の　まだ末葉を知らないままの

ふたたびは咲かない金魚まなうらに二匹逃がしてそして　それだけ

たましいをほどくときの間またたける青い光りをあなたも見たの？

生きのびるすべとして知る　まっさおな鳥居くぐれば水の祝詞を

水面にうつる木立も家家も夕光《ゆうかげ》にゆめをみるほかなくて

声色と声音との差異ひかりつつ黒揚羽　くるわずにおれたら

百葉の写真　　こころを押すたびに搾り取られたひかりのことを
鮮しい魚影のきざしなにゆえかここには夏の思い出ばかり

郷愁は曇天のなかにしかない。あふれんばかりの雨意こいしくて

まひるまの驟雨ののちにやってくる日脚、黄昏　こわがらないで

水禽《みずどり》を見たことのないきみのため風切の濃い一羽をさがす

砂を踏みしめ踊る浜辺でかの海へお辞儀を　ノスタルジアに別れを

冥星《みょうじょう》

るる書いてがらすの牢獄《ひとや》ひとときをとらえるごとに昏い息切れ

いつかどこかで出逢ったことのある南風《みなみ》すれちがうとき水の気配の

母の骨、河骨をふとおもわせて匂わせてまたはつなつのゆめ

かつてみずどり　いまや舟乗り　交わし合う波の挨拶すらもわすれて

（あたらしい波には拠れぬぼくらただ怒濤となって疎まれるだけ）

さもなくば空位、と迫る飛魚の群れ　いつの世も主流こそ凪

幻妻を娶りとなりに坐らせていすとりあことごとくおろかな呼称

いつの日かここが嘗てになるための淡い絆と思い知れ、きみ

いまはただ視えない星のまたたきを食んで常夜を光らすこころ

紫陽花をまだのみこんだことなくてみなづきのみな幼いのみど

旧い詩を棄ててほほ笑む　透明な冠をかむって日のもとへゆく

盃を。

逃げのびて光年をたぐり寄せたらその先で　また

あとがき

ことばだけの透明な存在でありたい、と、ある雑誌のコラムで吐露した一言を、この頃、よく思い出しています。

わたしが作品を生むのではなく、作品が、ことばが、わたしをわたしにしてくれているると、強くつよく感じます。編む、紡ぐ、連ねる、といった行為の先にある、非人称の世界で育まれる読みの豊かさを、ことばの可能性を、わたしは信じています。

＊

お礼を申し上げたい方がたくさん、というのは、なんて幸福なことなのでしょう。

第二歌集の出版にさいして、いのいちばんにお声をかけてくださった、田島安江さん。装幀を快く引き受けてくださり、唯一無二の一冊を築いていただいた、毛利一枝さん。あたたかいことばとともに、とびきりの帯文を考えてくださった恩師、小野正嗣先生。

明晰な読みから醸される、鋭い美しさを湛えた栞文を寄せていただいた、石松佳さん。魂を真っ直ぐに射貫くような、あざやかな栞文を寄せていただいた、服部真里子さん。

非在であることによって、わたしにゆたかな孤独と、時空を与えてくれたちちはは。路頭に迷う寸前のわたしに職を授けてくださった、水辺に近しい名をもつかたがた。完璧なひとりであるために、このうえないパートナーとなってくれたわたしの天使。

そして、出逢った全ての皆様に、こころから。こころから、ありがとうございます。

*

この歌集を、かぎりのないあなたに捧げます。
そして、すべてのひかりのために。

井上法子

■著者略歴

井上法子（いのうえ・のりこ）

1990年生まれ。福島県いわき市出身。
著書に『永遠でないほうの火』（書肆侃侃房）。

歌集　すべてのひかりのために

二〇二四年十二月一日　第一刷発行

著　者　井上法子
発行者　池田雪
発行所　株式会社 書肆侃侃房（しょしかんかんぼう）
〒八一〇-〇〇四一
福岡市中央区大名二-八-十八-五〇一
TEL：〇九二-七三五-二八〇二
FAX：〇九二-七三五-二七九二
http://www.kankanbou.com　info@kankanbou.com

編　集　田島安江
DTP　黒木留実
印刷・製本　モリモト印刷株式会社

©Noriko Inoue 2024 Printed in Japan

ISBN978-4-86385-651-6　C0092

落丁・乱丁本は送料小社負担にてお取り替え致します。
本書の一部または全部の複写（コピー）・複製・転訳載および磁気などの記録媒体への入力などは、著作権法上での例外を除き、禁じます。